Kim Amani

Manchmal denke ich im Traum

Gedichte von Liebe,
Angst und Frieden
mit
Bildern von
Francisco de Goya

Verlag Bert Schlender

LIBRICON 28

Eine Sammlung literarischer Texte
Herausgegeben von Elke + Bert Schlender

5. + 6. Tsd. 1983

Layout und graphische Gestaltung:
Timur Schlender und Aleke Thuja
Satz und Druck: Rudolf Walter, Göttingen
Verlag Bert Schlender, Dingelstädter Weg 6
3400 Göttingen

ISBN 3-88051-066-0

Aleke Thuja, Zum Geleit

,,Manchmal denke ich im Traum'' ... diese Zeile verfolgte mich unaufhörlich, als ich die Gedichte von Kim Amani zum ersten Male las.
Gedichte einer fünfzehnjährigen Schülerin, die mich ansprachen und beeindruckten wegen ihrer vielfältigen Aussagen. Natürlich! Ich lese Gedichte subjektiv. Für mich ist es entscheidend, ob Gedichte mir sofort etwas sagen und mich berühren können. Und Kim Amanis Gedichte haben für mich einen starken Mitteilungscharakter.
Ihre Gedanken über Liebe, Veränderungen und Vergänglichkeit der Dinge kann ich nachempfinden.
Ihre Sprache ist nicht aufdringlich, wohl aber bildhaft und eindringlich: ,,Ich rede am liebsten, wenn ich still bin''.
Ihr Nachdenken über die Zukunft und die daraus entstehenden Ängste, löst diese jugendliche Autorin für mich sehr hoffnungsfroh. ,,Alles hinschmeißen und fortrennen'' ist für sie keine Lösung. Die Angst vor dem Krieg, vor dem Tod, vor der falschen Toleranz kann sie nicht vergessen. Nachdenken will sie und etwas für die Zukunft tun, nämlich eine Welt aufbauen, in der man ,,lieben'', ,,denken'' und ,,fühlen'' kann. Und — gibt es für uns eine andere Zukunft, für die sich ein Engagement lohnen würde?

für Lemmi

Inhaltsverzeichnis

Manchmal denke ich im Traum
an Dich
Du stehst vor mir
Du redest mit mir
Du umarmst mich
Aber —
Du bist es nicht.
Es ist dein
Traumbild.

Was ist Liebe?
ist Liebe das Leben,
ein Stück davon,
oder nur ein Augenblick
voll Glück?

Was ist Liebe?
ist Liebe der Kummer
den man hat,
wenn man glaubt,
zu lieben?

Was ist Liebe?
ist Liebe die Freude,
die man fühlt,
wenn er dich küßt
und umarmt?

Liebe ist das Leben,
der Kummer, die Freude
die man empfindet
wenn man liebt.

Ich mach die Augen zu
und denke,
ich denke an dich
wie wir zusammen sind
uns umarmen,
uns küssen,
ich sehe dein Gesicht
und sage zu dir,
daß ich dich liebe!
Auf einmal,
bin ich eingeschlafen.

Ich denk an dich
wie du an mich denkst.
Und du denkst an mich
wie ich an dich denke.
Und wir denken
aneinander
und sehnen uns
nacheinander
und wir lieben uns.
Du mich,
ich dich
und wir uns.

Wenn man nicht redet,
ist man still.
Wenn man still ist,
redet man nicht.
Ich rede am liebsten
wenn ich still bin.
Ich rede?

Heute Morgen
als ich aufwachte
nach einer langen Nacht
merkte ich, daß ich dich liebe.
Von Liebe zu reden ist leicht
aber richtig zu lieben unendlich schwer!
sagte ich mir
und ich wartete
bevor ich es dir sagte.
Ich wartete lange,
fast zu lange.
Es war eine Zeit,
voll Schmerz und Hoffnung,
bis endlich der Mut da war.
Der Mut zu sagen:
„Ich liebe Dich"
um endlich der Ungewißheit
ein Ende zu machen.

Liebe
ist etwas so Wunderbares,
Menschen,
die sagen es gibt keine Liebe,
haben noch nie geliebt.
Man muß sie finden,
und es ihnen zeigen
das Wunderbare.

In jedem Menschen
wächst eine Blume,
die Blume der Liebe
Ihr könnt es lernen
sie zum Blühen zu bringen
Viele können das nicht mehr.
Komm,
laß uns sie suchen
und sie ihnen zeigen,
die Blume
der Liebe

Du sagst,
daß du mich liebst,
daß wir heiraten werden.
Ich sage,
daß ich dich liebe.
Aber,
daß wir heiraten werden,
kann ich nicht sagen.
Wir haben noch Zeit,
viel Zeit,
zuviel Zeit
vor uns,
in der sich vieles ändert.

Das Glück
ist wie eine Pusteblume.
Wenn man sanft bläst,
schwebt es langsam nieder.
Wenn man fest bläst,
fliegt es schnell davon.
Sei vorsichtig
mit der Blume,
denn aus jedem Teil,
das langsam schwebt
wächst eine neue
Pusteblume
für dich.

Ich sehne mich
nach Dir,
nach deinen Worten,
die ich hören möchte.
Nach deinen Berührungen,
die ich spüren möchte.
Nach deinem Geruch,
den ich einatmen möchte.
Nach deinem Wesen,
daß ich liebe.
Ich sehne mich
und hoffe,
Du tust dasselbe.

Du bist da
und bist es doch nicht.
Du bist fern
und bist es doch nicht.
Du bist nicht,
was du bist.
Was bist du dann?

Ich warte
auf den Tag,
an dem ich dich wiedersehe.
Ich warte
und hoffe,
daß er schön wird,
jener Tag,
an dem ich dich wiedersehe.

All die Zeit, die ich nicht bei dir bin,
wird zur Ewigkeit.
All die Zeit, die ich bei dir bin,
wird zu Sekunden.
Aber,
Sekunden können auch eine Ewigkeit dauern
und
die Ewigkeit hat auch Sekunden.

Als ich dich sah
nach langer Trennung
erkannte ich dich nicht
meine Träume
malten mir
eine Person
die nur in Träumen zu finden ist.
Und ich bin froh,
daß du anders bist.

Frage mich, ob ich mich freue
und ich sage:
,,Ja, ich bin glücklich!''
Frage mich, ob ich traurig bin
und ich sage:
,,Ja , ich bin traurig!''
Ich bin traurig
und glücklich,
und weiß nicht
warum.
Ich bin
nichts.

Es war komisch
als du fort warst
und ich weiß nicht
was falsch war.
Ich fühlte mich falsch
aber erst
als du fort warst.
Ich habe den Kaugummi
von dir
ausgespuckt,
als dein Bus fort war,
und mit ihm
habe ich
den Tag mit dir
ausgespuckt.
Ich hasse mich dafür.

Hoffnung
Mitten im Nebel
leuchtet ein Licht
Wenn man das Licht entdeckt
gibt es Hoffnung

Ich liebe dich
wie du bist
und ich liebe dich
wenn du dich änderst

Du hast
die ,,wundervolle'' Gabe
etwas
das in mühevoller Kleinarbeit
von Dir
aufgebaut wurde
mit einem Satz oder Wort
zu zerstören
und mir das schöne Gefühl
zu nehmen
und ich verlasse dich enttäuscht
und du merkst es nicht mal...

Hilf mir Dich zu verstehen,
Du tust Dinge
sagst Sachen,
die ich nicht verstehe
und die für Dich
selbstverständlich sind.
Du bist so anders,
und ich verstehe nicht,
was Du meinst.
Aber vergiß nicht, daß
ich Dich liebe
so wie du bist

Je näher du mir kommst
umso weiter entfernst du dich von mir.
Ich möchte das nicht.
Ich möchte, daß du mir nah bleibst.
Ich will nicht, daß du dich entfernst
oder ganz weg bist.
Ich würde das nicht aushalten,
denn ich liebe dich!

Alles ändert sich
Du
ich
die Welt
der Baum im Wald
der Stein am Berg
nichts ist ewig.
Kann denn
Liebe
trotzdem
ewig sein?

Im Traum sah ich dich.
Du warst nicht allein.
Aber,
icht war es nicht, die bei dir war.
Es war eine Andere.
Es war nur ein Traum
aber, seit ich ihn geträumt
habe ich Angst, daß er wahr wird.
Bitte, hilf mir
diese Angst zu vertreiben.

Die Angst
Dich zu verlieren,
ist immer da.
Mal ist sie schwach
und ich spüre sie kaum.
Und mal ist sie stark
und droht
mich zu erdrücken.
Es ist ein
auf und ab
der Gefühle
und selbst
die stärkste Seele
leidet darunter.
und irgendwann
dreht sie durch...

Für Martin

Ich lachte über Dich
weil du mit mir geredet hast.
Ich verspottete Dich
weil du mich verfolgt hast.
Ich schickte dich fort
weil du mich gestört hast.
Und doch
ich habe dich nicht gehaßt.
Irgendwie mochte ich dich.
Und als du fortgingst
und dich umgedreht hast,
hast du gewinkt
und ich war froh.
Es war halt
nur ein Augenblick —
voll Glück.

Regen
draußen ist es
nass
kalt
und grau
das ist
Regen

Ich bin
unruhig
Ich weiß nicht
was los ist
Ich fühle mich
komisch
Ich denke
an nichts.

Manchmal wünsche ich mir,
ich wäre unsichtbar.
Ich würde vorsichtig
von meinem Platz aufstehen
und leise weggehen.
Und niemand würde es bemerken.
Ich würde in den Wald gehen
die Vögel beobachten,
die Blumen betrachten.
Auf einmal sehe ich einen Baum,
kahl, leer und tot
ich sehe einen toten Wald.
Und mein Herz wird traurig,
langsam gehe ich zurück
schleiche auf meinen Platz
und tue so, als wäre nichts passiert.
Aber meine Seele weint.

Manchmal
kriege ich einen unbändigen Haß
auf die Menschen,
die von meiner Zukunft reden.
Ist es nicht
MEINE Zukunft?
Was bilden sie sich ein über
MEINE Zukunft zu wissen?
Und ich bin nicht allein.
Es ist nicht nur
MEINE Zukunft,
Es ist
UNSERE Zukunft.
Aber die Menschen,
die über meine Zukunft reden
haben
ihre eigene Zukunft.

Kürzlich starb einer
in Berlin
bei einer Demo
von einem Bus überfahren
,,Er wollte die Scheibe einschlagen.''
sagt die Polizei
,,Er hat den Bus übersehen.''
sagen die Augenzeugen
,,Die Polizei ist schuld.''
sagen die Demonstranten.
Und die Politiker sagen:
,,Tote brauchen keine Wohnung!''

Manchmal
möchte ich alles hinschmeißen
und fortrennen
rennen solange es geht
rennen soweit es geht
rennen, rennen und immer nur rennen
Aber
das ist falsch
man kann nicht davonlaufen
vor dem Elend, dem Dreck, der Scheiße
Man muß stehen bleiben
und sich umsehen
wo muß man etwas ändern?
wie kann man etwas ändern?
wer kann das ändern?
Und es tun.

Toleranz heißt
andere akzeptieren
wie sie sind
und sein wollen.
Heißt das
zu einem Faschisten sagen:
,,Ich akzeptiere dein Verhalten
weil du glaubst
das ist richtig.''?
Heißt das
zu einem Mörder sagen:
,,Bring die Leute ruhig um,
wenn du Lust dazu hast.
Ich akzeptiere es.''?
Heißt das
zu den Politikern sagen:
,,Macht was ihr wollt,
wenn ihr meint es ist
in Ordnung.
Ich wehre mich nicht.''?
Heißt das
zu den Folterern sagen:
,,Ihr habt Recht
mich zu foltern.
Ich akzeptiere euch.''?
Heißt das
bis in den Tod sagen:
,,Ich akzeptiere euch
weil ihr so seid
wie ihr wollt.''?
Ich habe Angst
vor der Toleranz

Ich habe Angst 1

Ich habe Angst.
Die Angst ist einfach da,
man kann sie nicht fortjagen,
man kann sie nur vergessen.

Ich habe Angst 2

Ich habe Angst.
Angst zu verlieren, was ich liebe,
Angst nicht geliebt zu werden.
Angst zu haben ist schlimm.
Man hat fast das Gefühl
zu sterben.

Ich habe Angst 3

Ich habe Angst
um dich.
Du hast gesagt,
du schreibst
und du schreibst nicht.
Was ist los?
Ich habe Angst
um mich,
weil du nicht schreibst
mache ich mir Gedanken.
Warum nicht?
Und ich habe Angst
um uns.

Ich wache auf,
und sehe aus dem Fenster.
Die Welt ist weiß —
Schnee!
Ich ziehe mich an
und gehe hinaus.
Kälte schlägt mir entgegen,
aber ich friere nicht.
Ich gehe in den Wald.
Kein Mensch ist zu sehen,
es ist leise.
Die Bäume stehen da
kahl, weiß, wie tot.
Es ist schön und unheimlich.
Es ist als ob
die Welt stillsteht.

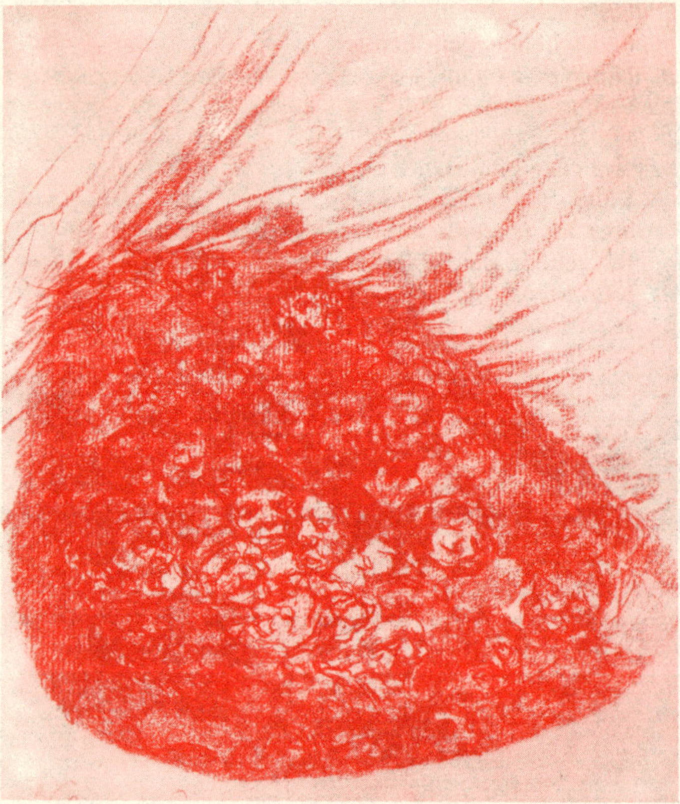

Ich habe heute Nacht geträumt.
Ich war tot
aber mein Geist lebte.
Und ich sah unsere Welt,
die Welt die ich gehaßt und geliebt habe.
Sie war zerstört.
Wo waren die Blumen,
die Bäume, die Wälder
die ich geliebt habe?
Wo waren die Tiere
die sonst überall herumliefen,
die Hunde, Katzen, Vögel
und all die anderen?
Wo waren die Berge
die großen, majestätischen
ewigen Riesen?
Wo waren die Seen,
Meere, Teiche, Flüsse
voller Wasser und Leben?
Wo waren die Städte
die großen, geschäftigen, häßlichen
die kleinen, ruhigen, schönen?
Und wo waren die Menschen
Alte, Junge, Politiker,
Christen, Rote, Gelbe, Weiße,
Amerikaner, Chinesen, Europäer
und all die anderen?
Ich sah ein Schlachtfeld
gigantisch groß.
Hier und da sah man die Reste
eines Hauses oder Baumes
und vereinzelt
sah ich
grausam entstellt
verstümmelt
qualvoll verzerrt
teilweise tot und teilweise lebendig
Wesen, die einmal Menschen waren.

Sie lagen da mit aufgerissenen Mündern
als wollten sie ihre Qual
im Tode noch herausschreien.
Ich sah Freunde, Verwandte, Nachbarn
und viele die ich kannte.
Und ich sah
m i c h
meinen toten Körper.
Ich bekam Angst
obwohl ich schon tot war
eine Angst die ganz unten hockte,
wuchs und größer wurde
je mehr tote Wesen ich sah.
Und ich wachte auf.
Ich werde das Bild meines toten Körpers
nicht verlieren.
Und die Angst ist auch noch da,
und ich will nicht,
daß ich jemals
dieses Bild wirklich sehen werde.
Ich will versuchen
allen Leuten
den Traum
zu beschreiben,
damit auch in ihnen die Angst wächst
damit sie nicht vergessen wird,
denn, die Angst macht Mut,
Mut etwas zu tun.
Jeder muß diesen Traum träumen,
um zu wissen,
was kommen kann,
wenn man nichts tut.
Alle Menschen müssen erkennen,
daß Krieg ein totaler Wahnsinn ist.
Krieg ist die schrecklichste Erfindung
der Menschheit.
Und die Menschheit muß ihn
selber wieder verbannen
Sonst wird sie sich
selbst zerstören.

Die Geisterstadt
Dunkel
Leer
kalt
ehemals
voller Leben
und plötzlich
wie mit einem Staubsauger weggesogen
alles Leben fort
tödliche Stille.
Und vielleicht
kommt eines Tages jemand,
und fragt sich,
warum?

Viele Menschen sagen,
es gibt kein Morgen.
Wenn ich das höre,
bekomme ich Wut.
Ich möchte schreien:
Ihr faulen Schweine,
es kann eine Zukunft geben,
man muß sie nur schaffen.
Ihr setzt euch auf euren
faulen Arsch
und sagt einfach:
No future.
Denkt nach,
und tut was
für eure Zukunft.

,,Ich habe Angst vor dem Frieden!"
sagt der Krieg.
,,Ich habe Angst wegen dem Frieden!"
sagt die Bombe.
,,Ich habe Angst, daß Frieden ist!"
sagen die Generäle.
,,Ich habe Angst um den Frieden!"
sagen die Menschen.

Hast du schon mal
in einer Menge gestanden
und demonstriert'?
War es dir schon mal egal,
ob neben dir vielleicht
ein Kommunist steht?
Hattest du schon mal
das Gefühl von Gemeinsamkeit
unter Hunderttausenden?
Hast du schon mal
im Regen gestanden, gefroren,
und nicht bereut, dabei zu sein?
Du Abgeordneter, Politiker, Kanzler.
Weißt du eigentlich,
was es heißt,
bei einer Demo zu sein,
wo die 299.999 anderen
mit dir einer Meinung sind?
Alle wollen den Frieden.
Und du?
Du redest vom Frieden
durch Aufrüsten.
Frieden kann nicht
durch Aufrüsten bewahrt werden.
Es muß ein
friedlicher Frieden sein.

Zugfahrt

Ein Haus,
ein Baum,
ein See,
und mitten auf dem See
schwimmt ein Boot,
blau
und rot.
Wem gehört es?
Und warum,
schwimmt es in der Mitte?
Fragen,
die nicht beantwortet werden.
Und langsam
ziehen sie vorüber,
das Haus,
der Baum,
der See,
und mittendrin ein Boot.

Ich möchte leben
in einer Welt in der man noch
lieben kann
ich möchte leben
in einer Welt in der man noch
denken kann
ich möchte leben
in einer Welt in der man noch
fühlen kann.
Gibt es diese Welt?
Ich weiß es nicht
ich kann sie nicht suchen
nur einfach
aufbauen
diese Welt

Kim Amani, geb. 1966, Schülerin einer Gesamtschule in Niedersachsen. Erste Gedichte in Schülerzeitschriften veröffentlicht.

Francisco y Lucientes de Goya, spanischer Maler, geb. 30. 3. 1746 in Fuendetodos (Aragonien), gestorben am 16. 4. 1828 in Bordeaux.

Aleke Thuja

Nicht laut ist meine Sprache

Liebesgedichte

mit Bildern von Dante Gabriel Rosetti
(Libricon Band 13)

Aus einem Brief von Dirk P., Hannover:
„Ich habe gerade ein wenig in "Nicht laut ist meine Sprache" von Aleke Thuja gelesen. Ich finde die Gedichte sehr schön, weil ich Stücke von mir in ihnen wiederfinde.
.... Da ich mich schwer von dem Buch trennen kann und es noch verschenken möchte, fände ich es toll, wenn ich erfahren könnte, wo ich weitere Exemplare bekommen kann ......"

Mannheimer Morgen 12. 12. 1980:
„..... daß diese wichtige Sammlung (LIBRICON) in einem kaum bekannten Verlag erschien, ist noch immer symptomatisch für die Situation der Lyrik in der Bundesrepublik, es sollte die Aufmerksamkeit des Lesers darauf lenken, daß heute vielfach abseits der großen Verlagsnamen wesentliche Literatur veröffentlicht wird."

Frauenbücher in der Reihe LIBRICON

Band 13
Aleke Thuja, Nicht laut ist meine Sprache -
Liebesgedichte - Illustriert von Dante Gabriel Rossetti (1980)

Band 21
Ingrid Kayser, Die längsten Stunden des Tages
Gedankengedichte - mit einem Foto von Jean Albert (1979/80)

Band 23
Ingrid Kayser, Die Tage zählen die Stunden
(Liebesgedanken - Liebesgedichte) mit Bildern von John Everett Millais (1981)

Band 25
Aleke Thuja, Tauchen möchte ich in Deine Seele
Andere Liebesgedichte - Illustriert von Edward Burne-Jones (1982)

Band 27
Hildegard Nagel, Und ab und an ein Möwenschrei -
Gedichte - mit Illustrationen von Henry Heerup (1982)

Band 28
Kim Amani, Manchmal denke ich im Traum —
Gedichte von Liebe, Angst und Frieden — mit Illustrationen von Francisco de Goya (1982)

Band 33
Aleke Thuja (Hrsg.) Frauen schreiben neue Liebesgedichte - mit Bildern von zeitgenössischen Graphikerinnen (1983)

Band 34
Dietlinde Heckt-Albrecht, Aus der welkenden Zeit —
Gedichte — mit Bildern von Maria Reese und Carl Lambertz (1982)

Band 36
Kim Amani, Auf der Suche nach Träumen —
Liebesgedichte für die anderen — mit Bildern von Sybille Becker (1983)

Band 37
Franziska Zilliken, Sag mir wo dein Garten wächst —
Gedichte — mit Bildern von Paula Modersohn-Becker (1983)

Band 39
Hanna Heimstetten, Andenken verblassen mit den Jahren —
Gedichtblätter — mit Bildern von Enzio Meyer-Borchert (1983)

Band 40
Aleke Thuja, Manchmal berührte er das Innerste meiner Seele —
Eine Begegnung — mit Bildern von Caspar David Friedrich (1983)